CAM
tourne, tourne, tourne

par
JACQUES DUQUENNOY

Un petit coup
de démarreur...
et voilà,
on est parti !

Ah... j'ai oublié de régler mon rétroviseur !

Eh, arrête
de klaxonner,
toi, derrière.
Tu vois bien
qu'on est limité à 50 !

Tiens,
Papy et Mamy !
Coucou !

Ah... on est
au péage.

Sur l'autoroute,
on peut rouler
plus vite.

On fait
au moins
du 100 !

Oh là,
ça tourne !

Ooooh !
J'ai mal au cœur :
je crois que j'ai mangé
trop de barbapapa !

Tiens, encore
Papy et Mamy.
Oui, re-coucou !

Mais, qu'est-ce qui m'arrive ?
Je ne vois plus rien !

J'ai attrapé le pompon !
J'ai gagné un tour
de manège gratuit !